曉芯的奶奶口中哼著：
「 我的寶貝寶貝，
奶奶真的好愛妳！
這個美好世界，
正等著妳的到來……　」

奶奶開心的為曉芯親手
縫製襪子娃娃，
有兔子、貓咪、長頸鹿、
螃蟹……

奶奶、媽媽、爸爸、姊姊，
全家人都很開心的期待
著。

在ㄗㄞˋ全ㄑㄩㄢˊ家ㄐㄧㄚ人ㄖㄣˊ的ㄉㄜ期ㄑㄧˊ待ㄉㄞˋ下ㄒㄧㄚˋ，
曉ㄒㄧㄠˇ芯ㄒㄧㄣ終ㄓㄨㄥ於ㄩˊ出ㄔㄨ生ㄕㄥ了ㄌㄜ˙！

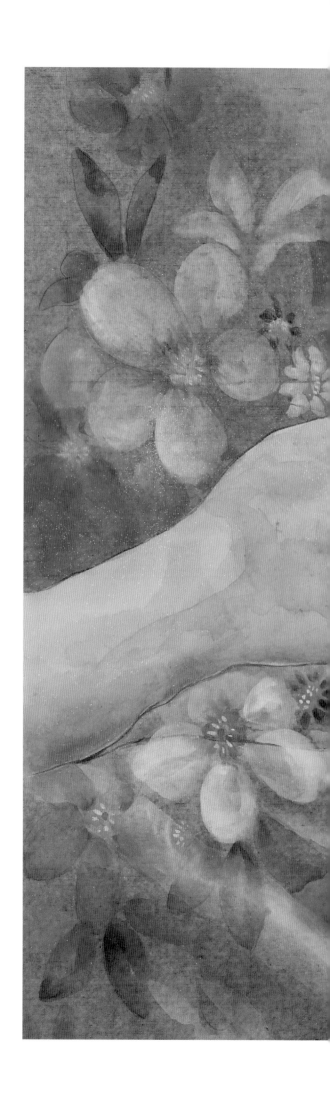

媽媽總是一邊餵奶、一邊哼著：
「我的寶貝寶貝，
媽媽真的好愛妳！
這個美好世界，
正等著妳長大……」

奶奶、媽媽、爸爸、姊姊，
全家人都好愛好愛曉芯。
在家人和朋友的圍繞下，
曉芯快樂的成長！

曉芯有很多好朋友，
她喜歡和朋友一起分享。

但是，不知道為什麼，
曉芯的聽力愈來愈差，
她聽不清楚大家說什麼，
大家也聽不懂曉芯在說什麼。

曉芯好難過！

奶奶說：「 奶奶很愛妳， 不管妳耳朵是否聽見，妳永遠是奶奶的寶貝。 」

媽媽說：「 媽媽很愛妳， 不管妳耳朵是否聽見，妳永遠是媽媽的寶貝。 」

爸爸說：「 爸爸很愛妳， 不管妳耳朵是否聽見，妳永遠是爸爸的寶貝。 」

姊姊說：「 姊姊很愛妳， 不管妳耳朵是否聽見，妳永遠是姊姊的寶貝。 」

奶奶說，手很神奇喔！

奶奶的手是縫製的手，
爸爸的手是保護的手，
姊姊的手是禱告的手，
媽媽的手是牽引的手。

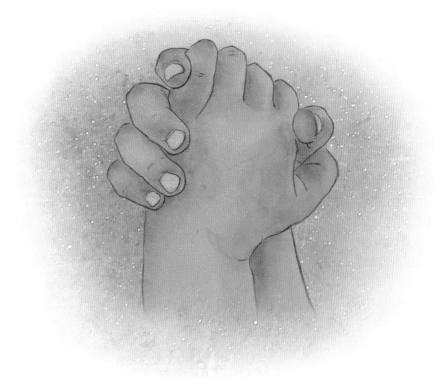

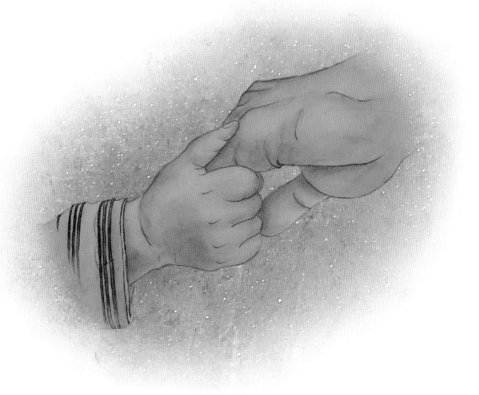

手ㄕㄡˇ還ㄏㄞˊ可ㄎㄜˇ以ㄧˇ彈ㄊㄢˊ奏ㄗㄡˋ樂ㄩㄝˋ器ㄑㄧˋ

讀ㄉㄨˊ文ㄨㄣˊ字ㄗˋ

給ㄍㄟˇ別ㄅㄧㄝˊ人ㄖㄣˊ掌ㄓㄤˇ聲ㄕㄥ

幫ㄅㄤ助ㄓㄨˋ別ㄅㄧㄝˊ人ㄖㄣˊ

與山人ㄖㄣ分ㄈㄣ享ㄒㄧ�大

傳ㄔㄨㄢ遞ㄉㄧ溫ㄨㄣ暖ㄋㄨㄢ

結ㄐㄧㄝ交ㄐㄧㄠ朋ㄆㄥ友ㄧㄡ

最ㄗㄨㄟ棒ㄅㄤ的ㄉㄜ是ㄕ，
手ㄕㄡ可ㄎㄜ以ㄧ跟ㄍㄣ朋ㄆㄥ友ㄧㄡ和ㄏㄜ好ㄏㄠ！

手ㄕㄡ可ㄎㄜ以ㄧ傳ㄔㄨㄢ遞ㄉㄧ愛ㄞ，
手ㄕㄡ的ㄉㄜ作ㄗㄨㄛ為ㄨㄟ，
是ㄕ心ㄒㄧㄣ的ㄉㄜ所ㄙㄨㄛ在ㄗㄞ。

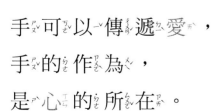

手可以代替嘴巴說重要的話，
眼睛可以代替耳朵聽，
「我愛你、謝謝你、請、對不起！」

我愛你

謝謝你

對_{ㄉㄨㄟˋ}不_{ㄅㄨˋ}起_{ㄑㄧˇ}

請_{ㄑㄧㄥˇ}

爸爸常常帶曉芯到森林裡。

爸爸說：
「曉芯，爸爸不能時時在妳身邊，
當別人不了解妳的時候，
妳可以擁抱大樹，大樹會為妳而存在，
抱大樹就如同抱爸爸般的溫暖！」

爸爸也教曉芯
仰望天空。

爸爸說：
「難過的時候，
仰望天空，
妳會看見天上的
白雲都來擁抱妳，
為妳加油打氣！」

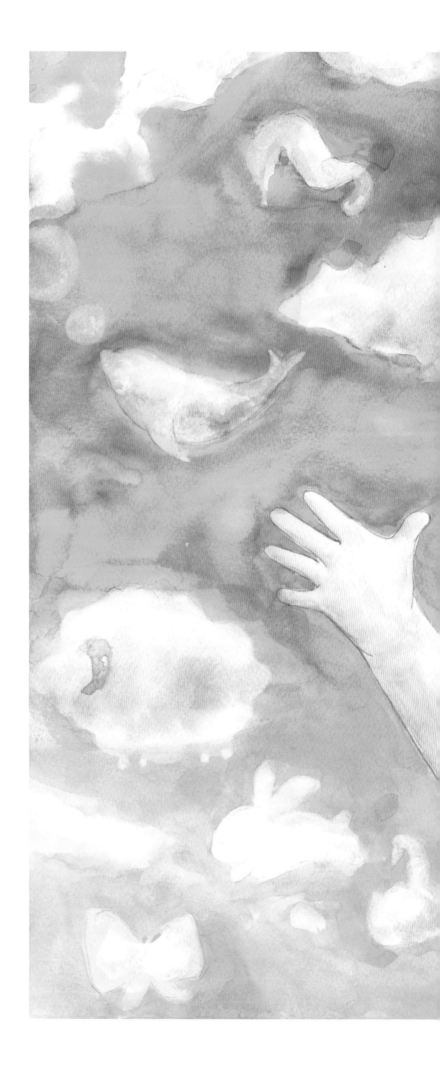

曉芯牢牢記住爸爸的話，
不論開心或難過，
她總會去
擁抱大樹──
仰望天空──

春、夏、秋、冬。

陳昭伶

　　平安基金會在 2017 年進行一項針對其青少年聽障服務個案的情緒與壓力訪談及調查，發現青少年聽障者情緒與壓力，與父母看待其障礙的態度及養育風格有很大關聯。若聽障青少年父母個性開朗，以正向態度看待孩子的障礙，視孩子為寶貝，能敏銳孩子的需求，那麼，孩子在感覺受傷時，比較會向親人尋求安慰，當家人或朋友遇到問題時，他們也能主動提供安慰，並且假使處在不友善的環境中，孩子也能自我排解情緒，甚至有能力影響別人、改變環境。

　　反之，若父母個性悲觀，以負向態度看待孩子的障礙，甚至終日以淚洗面，其孩子易形成負向性格，產生自卑感。當處在不友善的環境中時，更是沒有招架能力，致使孩子更退縮，因而將自己封閉在無聲的世界裡。孩子的情緒管理能力，與照顧者的教養風格，及兩者間情感親密度有重大關聯，並且從嬰幼兒襁褓階段就產生。

「依附關係」理論

　　著名的英國發展心理學家 John Bowlby 提出依附（attachment）是一種存在兩人之間主動、情深、雙向的關係，人類早期的依附情況會對成年階段有深遠影響（蔡春美等人，2007）。嬰兒一歲的時候，父母或其他照顧者對待他們的方式，會在嬰兒的大腦中塑造成一套對人際關係的思考模式，並影響他到成年的親密關係。「依附關係」理論的重要學者提出關鍵概念：

・與母親的依附，不但是生活所需，更是美好生活的開始。（John Bowlby）
・媽媽是安全堡壘（secure base）！只有依附關係愈安全，孩子才愈有勇氣離開母親出去探索！（Mary Ainsworth）

　　John Bowlby 的學生 Mary Ainsworth（Ainsworth et al., 1978）提出了母嬰關係中，重要的三種依附型態：安全依附型、不安全依附型—抗拒依附型、不安全依附型—逃避依附型。Mary Ainsworth 設計「陌生情境實驗（Strange Situation）」，研究這三種依附型態的嬰兒氣質，觀察對象都是年紀在一歲左右的嬰兒。Mary Ainsworth 請媽媽暫時離開嬰兒身邊，由陌生人照顧幾分鐘，然後媽媽再度出現，此時觀察嬰兒的反應來判斷其屬於哪一種依附型態。每種依附型態說明如下：

1. 安全依附型：當媽媽離開時，嬰兒呈現可接受的哭泣；但在媽媽回來之後，嬰兒快速的從媽媽的擁抱中得到安慰，繼續探索環境。

2. 不安全依附型—抗拒依附型：當媽媽離開時，嬰兒有強烈的分離焦慮；媽媽回來之後，嬰兒雖然想要擁抱卻仍是對媽媽生氣，甚至拳打腳踢。

3. 不安全依附型—逃避依附型：當媽媽離開時，嬰兒會四處張望尋找媽媽；但是等媽媽回來後，嬰兒卻對媽媽的擁抱沒什麼反應，甚至還會眼神避開媽媽。

此外，Mary Ainsworth 並提出，在出生後三個月較常被擁抱的嬰兒以及享受於親餵母奶的媽媽，更容易建立母嬰的安全型依附關係。其最大的關鍵，在於母性行為（mothering），包括母親抱抱、逗嬰兒、唱兒歌、跟嬰兒說話等等充滿愛的行動，對嬰兒情緒等心理發展有重要意義（周念麗、張春霞，1999）；以及媽媽對嬰兒需求的敏銳度，多猜猜他們在想什麼，且盡力的去滿足寶寶需求，那麼在一歲的時候，嬰兒就比較少哭鬧，比較多表情、手勢、發出比較多聲音。因此，出生後的三個月可說是幼兒性格與發展關鍵期（蔡春美等人，2007）！

教育無他，「愛與榜樣」

國內知名的畫家黃美廉雖患有腦性麻痺，但她完成了大學教育，還擁有博士學位，並且獨立生活至今。她是如何辦到的呢？多年前在一次演講中聽她提到：從幼兒園直到讀美國殘障中學期間，「教育」這兩個字，對她而言等同「霸凌」。因腦性麻痺造成她無法言語，與五官不自主的扭動，但在外人看似古怪的外表下，她卻有著非常正常的心智，完全能感受到別人對她的不友善，這令她更加痛苦。

從幼兒園起，她就不斷成為被霸凌的對象。點心常被搶走，同學全都排斥她，幸好黃美廉的牧師爸爸從小就讓她覺得，即便她與別人不同，但她卻是上帝送來的寶貝禮物。爸爸也盡量用對待正常孩子的要求，教黃美廉學會獨立生活。當她被欺侮時，爸爸教黃美廉去抱大樹，黃美廉當時學校的一棵大樹，便成為她最好的朋友，她常常抱大樹，因為也只有樹願意陪她，給她溫暖的抱抱。

當時聽了她兩個小時的演講，我感動得紅了眼眶，我明白造就這位無法言語，卻能成為「名嘴」到處演講的陽光美少女的幕後最大功臣是──「黃美廉的牧師爸爸」以及學校的那棵「大樹」。

福祿貝爾說：「教育無他，愛與榜樣而已。」我想黃美廉的爸爸給了幼兒黃美廉最棒的禮物──「安全感」。因為爸爸的「愛」與「肯定」，即能敏感孩子的需求，形成親子間安全的依附關係。並且爸爸也以身示範，教她解決難過的方法──

「抱大樹」。透過森林療癒，她隨時可在森林中紓解自我情緒，而《寶貝》一書中曉芯的爸爸可說是黃美廉爸爸的化身，曉芯則可說是現今許多面對生命困境的孩子的代表。

森林療癒

黃美廉爸爸教她解決難過的方法——「抱大樹」，就是森林療癒的方法之一。黃美廉爸爸在四十多年前就開啟了幼兒黃美廉的森林療癒，可說是幼兒森林療癒的先驅。

《森林益康》一書是作者林一真教授結合醫學、心理、森林領域的學者，展開為期三年的「森林益康」研究計畫。研究團隊邀請九十三位志願者，分批上山參加森林活動，分別調查林相、溫度、濕度、氣壓和負離子，研究人類在不同的海拔環境所產生的生理和心理反應，發現在進行森林活動後，參加者身心健康都得到提升，證實森林活動確實有調節自律神經和減少負面情緒的效益（林一真，2016）。

《森林益康》作者也談到德國人的生活和森林密不可分，森林是安定人心的家園，也是增進體魄的健身房。十九世紀中葉，德國已經有組織從事「森林與健康」的研究，發展出在不同地區、不同地形的森林散步復健方法。第一次世界大戰以前，德國發展的「森林健身法」就領導全世界。而日本的「日本森林保健學會」及「日本森林醫學研究會」，雙方都推崇森林活動可以療癒身心（林一真，2016）。近年來經常受邀來台帶領森林療癒工作坊的日本學者上原巖，也是《療癒之森：進入森林療法的世界》的作者，在其書中介紹了森林療法及其各種應用：包括森林散步、森林遊憩、復健、心理諮商、保育、教育等（姚巧梅譯，2013）。

爸爸媽媽的神奇力量

John Bowlby 提出，如果能建立一個溫暖、親密、而且長久的關係，將對於孩子大腦的發展有全面性益處。而《寶貝》封面的小嬰兒——曉芯，一個在安全的「依附關係」中長大的孩子，是我們的期許，希望能透過此書，幫助嬰幼兒主要照顧者（父母、褓姆、祖父母等等）在閱讀此書後，能了解「依附關係」的理念，與其照顧的幼兒建立「安全的依附關係」，讓更多的幼兒擁有美好人生的開始。

人類生命中的第一個親密關係，是與父母間的親情，若成功發展，孩子能建立安全的依附關係，邁向幸福的人生；若發展失敗，孩子易形成抗拒型，或逃避型等

不安全的依附關係，其將來長大之後，極有可能用相同的態度，來面對親密關係中的伴侶，造成許多婚姻問題和家庭問題。童年的安全感是今生幸福的基石，如果想讓您的孩子一生幸福，請行使上天賦予您身為爸爸媽媽獨有的一份神奇力量——以「愛」與「安全」澆灌您的孩子，必定長出幸福的種子，並且生生不息，代代相傳。

參考閱讀

1. Ainsworth, M. D. S., Blehar, M. C., Waters, E., & Wall, S. (1978). *Patterns of attachment: A psychological study of the strange situation.* Hillsdale, NJ: Erlbaum.

2. 黃素娟（譯）（2007）。Daniel A. Hughes 著。依附關係的修復：喚醒嚴重創傷兒童的愛。新北市：心理。

3. 蔡春美等人（2007）。親子關係與親職教育。新北市：心理。

4. 陳昭伶等人（譯）（2009）。Zipora Shechtman 著。兒童及青少年：團體諮商與心理治療。臺北市：華騰文化。

5. 黃素娟、張碧琴（譯）（2011）。Daniel A. Hughes 著。照顧孩子的有效策略：以依附關係為焦點之親職教育。新北市：心理。

6. 姚巧梅（譯）（2013）。上原巖著。療癒之森：進入森林療法的世界。臺北市：張老師文化。

7. 林一真（2016）。森林益康：森林療癒的神奇力量。臺北市：心靈工坊。

8. 周念麗、張春霞（1999）。學前兒童發展心理學。上海市：華東師範大學。

延伸活動

1. 《森林也瘋狂》桌遊：「森林裡有十組動物家族，牠們各自有特殊技能，喜歡在森林裡開同樂會，歡迎你趕快加入，跟著動物們一起瘋狂吧！」此為筆者特別為《寶貝》一書所設計的桌遊，適合孩子玩、親子玩、爺孫玩，不但有助於親子關係、甚至能修復親子關係，更可促進幼兒啟蒙，增進機智反應、視覺辨識、配對組合、手眼協調等能力。

2. 森林捉迷藏：森林裡有許多動物在玩捉迷藏，小小讀者可以找找看總共有幾種動物呢？

3. 天空捉迷藏：天空裡也有許多動物在開同樂會，猜猜看天空中有哪些動物呢？

作者　陳昭伶

英國 Bradford 大學碩士，主修社會工作與社區照顧。從事輔導與教學工作二十多年，喜愛與長者、家長、教師和兒童們分享繪本、玩桌遊。目前主要從事繪本創作、翻譯、導讀、賞析等文字工作及桌遊教具創作；故事教育、生命教育、親職教育等相關教學工作；以及擔任非營利組織顧問、督導及員工教育訓練工作。亦擔任國家圖書館出版品《全國新書資訊月刊》童書專欄執筆。著作及翻譯包括：《我好怕》（心理出版）；《勇敢的短腿鵝》、《多娜和綠色的鳥》（飛寶文化出版）；《心理學》、《親職教育》、《兒童諮商》、《兒童及青少年：團體諮商與心理治療》（華騰文化出版）；以及《森林也瘋狂》桌遊（心理出版）。

繪者　郭智慧

高雄師範大學美術學系教學碩士
國中美術科專任教師
專攻：水墨、書法
得獎紀錄：臺中市第 18 屆大墩美展入選
展覽紀錄：
101 高師大藝廊「綿延」──彩墨人物意象
103 高雄社教館「墨言」──彩墨心之映像
104-105 高醫南杏藝廊，美術班畢業展──參展

溝通障礙系列 65036

寶貝

文：陳昭伶／圖：郭智慧／封面設計：林君玲

執行編輯：陳文玲／總編輯：林敬堯／發行人：洪有義

出版者：心理出版社股份有限公司／地址：231 新北市新店區光明街 288 號 7 樓

電話：(02) 2915-0566 ／傳真：(02) 2915-2928

網址：http://www.psy.com.tw ／電子信箱：psychoco@ms15.hinet.net

郵撥帳號：19293172 心理出版社股份有限公司

駐美代表：Lisa Wu（lisawu99@optonline.net）

排版＆印刷者：辰皓國際出版製作有限公司

初版一刷：2018 年 4 月／ISBN：978-986-191-791-7

定價：新台幣 250 元